P9-EJZ-536

El caso del vecino fisgón
y otros misterios

Volumen 2

Para todos los fanáticos de Max:
sigan buscando las pistas y
resolviendo misterios.
– LOD

PANAMERICANA
EDITORIAL

O'Donnell, Liam
    El caso del vecino fisgón y otros misterios / Liam O'Donnell ; ilustrador
Michael Cho ; traductora Adriana Delgado. -- Editor Leonardo Realpe Bolaños.
-- Bogotá : Panamericana Editorial, 2014.
    96 páginas ; 23 cm. -- (Literatura juvenil)
    Título original : Max Finder Mystery Collected Casebook, Volume 2.
    ISBN 978-958-30-4431-1
    1. Novela juvenil canadiense 2. Novela gráfica 3. Misterio - Novela juvenil
I. Cho, Michael, ilustrador II. Delgado, Adriana, traductora III. Realpe Bolaños,
Leonardo, editor IV. Tít. V. Serie.
819.1 cd 21 ed.
A1440028

    CEP-Banco de la República-Biblioteca Luis Ángel Arango

Primera edición en Panamericana
Editorial Ltda., septiembre de 2014
Título original: *Max Finder Mystery Collected
Casebook Volume 2*
Edición en español publicada con autorización
de: Owlkids Books Inc., 10 Lower Spadina
Avenue, Suite 400, Toronto, Ontario, Canadá,
M5V 2Z2
Copyright© 2007
© 2014 Panamericana Editorial Ltda.,
de la versión en español
Calle 12 No. 34-30, Tel.: 3649000
Fax: (571) 2373805
www.panamericanaeditorial.com
Bogotá D. C., Colombia

Editor
Panamericana Editorial Ltda.
Edición en español
Leonardo Realpe Bolaños
Textos
© Liam O'Donnell, 2007
Ilustraciones
© Michael Cho, 2007
Traducción del inglés
Adriana Delgado
Diagramación
Precolombi EU-David Reyes

ISBN 978-958-30-4431-1

Impreso por Panamericana Formas e Impresos S. A.
Calle 65 No. 95-28, tels.: 4302110 - 4300355, fax: (571) 2763008
Bogotá D. C., Colombia
Quien solo actúa como impresor.
Impreso en Colombia-*Printed in Colombia*

Max finder

CASOS MISTERIOSOS

El caso del vecino fisgón
y otros misterios

Liam O'Donnell

Michael Cho

Contenido

Casos

Contenido

Acertijos

Información adicional

Colección de casos

¡HOLA, FANÁTICO DEL MISTERIO!

Bienvenido a esta colección de casos misteriosos de Max Finder. Alison y yo estamos muy emocionados de presentarte diez de los mejores casos que han sucedido recientemente en nuestra ciudad natal, Whispering Meadows.

Desde el caso de la trampa en el bosque hasta el de los veleros hundidos, todos los cómics de esta colección están llenos de suficientes indicios, personas sospechosas y pistas falsas como para mantenerte especulando hasta el final. Nosotros ya hicimos todo el trabajo, pero ahora te toca desentrañar los misterios. Lee cada uno, sigue las pistas y trata de resolver los casos. Todas las soluciones están al final del libro, pero recuerda: los detectives de verdad nunca echan un vistazo a las respuestas, sino que tratan de encontrarlas por sí mismos.

Entonces, prende el radar y ¡pon cabeza y manos a la obra!

Max

Posdata: No olvides echarles un vistazo a los acertijos adicionales y al cuaderno de dibujo del ilustrador.

trampa en el bosque

El caso de la trampa en el bosque

¿Sabías que el pájaro *Antpitta avis canis ridgley* ladra en lugar de cantar? Dato curioso por cortesía de Max Finder, detective aficionado. Era un soleado domingo y nuestro último caso nos había llevado al bosque de Warbler. Nos guiaba Andrea Palgrave, quien acababa de entrar al colegio y era nuestra amiga.

LESLIE DIJO QUE SON LOS MEJORES DETECTIVES DEL COLEGIO, PENSÉ QUE PODRÍAN AYUDARME.

¿LOS MEJORES DETECTIVES DEL COLEGIO? ¡DEL MUNDO, MÁS BIEN!

no pasar no pasar

Andrea es una estrella de las carreras a campo traviesa. Esa mañana había salido a carrera matutina y había pisado un hoyo que estaba cubierto. El hoyo no estaba ahí el día anterior y ciertamente no era un accidente.

PUDE TORCERME EL TOBILLO Y NO COMPETIR EN LA CARRERA DE LA PRÓXIMA SEMANA.

ESA ERA LA IDEA. ALGUIEN TE QUIERE FUERA DE LA CARRERA, ANDREA.

HAY UN MONTÓN DE HUELLAS Y ALGUNAS SON DE UN ANIMAL GRANDE.

¿DE DÓNDE SALIÓ ESA CINTA AMARILLA?

LA CINTA ES MÍA. LAS HUELLAS DE ANIMAL SON DE CABALLO.

La chica era Zoe, la hermanita de Andrea, que quiere ser investigadora forense, incluso tiene un laboratorio en el sótano de su casa. Cuando oyó de la trampa, corrió al bosque a recoger evidencia.

EL MOLDE DE YESO QUE HICE DE UNA DE LAS HUELLAS YA ESTÁ SECO.

¡QUÉ BUENO TENERTE A BORDO, ZOE!

La huella era de una bota de montañismo con suela ondulada. Si encontramos unas botas así, podremos encontrar a quien puso la trampa.

Cerca estaba el club hípico, entonces tenía sentido encontrar huellas de caballo. Andrea pensaba que pertenecían a Jessica Peeves; ella paseaba a su poni... justo por donde estaba la trampa.

JESSICA SABÍA DE LA TRAMPA PORQUE NO PASÓ SOBRE ELLA SINO QUE LA BORDEÓ.

SI ES ASÍ, EL MOLDE DE YESO DE ZOE PUEDE AYUDAR A PROBARLO.

CUANDO JESSICA ME VIO, SE MONTÓ EN EL PONI Y SE MARCHÓ.

El papá de Jessica es dueño de medio pueblo, pero ella se cree dueña del mundo entero. La encontramos saliendo de su clase de equitación.

¿POR QUÉ CASI ARROLLAS A ANDREA ESTA MAÑANA?

SE LO MERECÍA. NO DEBERÍAMOS COMPARTIR EL CAMINO CON LOS CORREDORES.

TE AYUDARÉ A GUARDAR TUS COSAS, JESSICA.

Encontramos a la primera sospechosa, pero Alison pensó que me había chiflado.

¿QUÉ FUE ESO, MAX?

PARA REVISAR LA SUELA DE SUS BOTAS. Y SÍ ES COMO LA DEL MOLDE DE ZOE.

Al día siguiente fuimos a clases, lo que no evitó que quien hubiera puesto la trampa atacara de nuevo.

LE DEJARON UNA NOTA A ANDREA.

¡Abandona la carrera, traidora!

La nota le trajo malos recuerdos. Cuando dejó Twindale, su antiguo colegio, su compañera de carreras, Shawna Carver, también la había llamado traidora.

SOLO LE CONTÉ A ETHAN. MI NUEVO COMPAÑERO DE CARRERAS.

Antes de Andrea, Ethan Webster era el más rápido del colegio. Fuimos a buscarlo, pero solo encontramos a su amigo, Josh "Bronco" Spodek, quien nos dijo que no entendía por qué Ethan era tan amable con Andrea.

ETHAN TEME QUE ANDREA LE QUITE EL RÉCORD. AYER, DURANTE NUESTRO PARTIDO, SE ESTABA QUEJANDO DE ELLA.

Cuando Ethan llegó, estaba más preocupado por la salud de Andrea que por su fama de corredor.

ANDREA Y YO CORREMOS JUNTOS, PERO AYER NO ME SENTÍA BIEN. ENCUENTREN AL CULPABLE ANTES DE QUE ANDREA SE LASTIME.

GRACIAS POR PRESTARME TU NAVAJA DEL EJÉRCITO SUIZO.

¿LA SUELA DE LAS BOTAS DE ETHAN ES ONDULADA?

TIENE OTRO PATRÓN Y NO ENCAJA CON EL MOLDE.

14

Andrea nos dio el teléfono de Shawna y la llamamos. Ella negó haberle mandado la nota a Andrea, pero accedió a reunirse con nosotros de todas maneras.

YO NO LE PUSE NINGUNA TRAMPA A ANDREA, AUNQUE SI ELLA NO COMPITE, VA A SER MÁS FÁCIL PARA MÍ GANAR.

ESA SUELA ERA ONDULADA. SHAWNA PUDO HABER IDO HASTA EL BOSQUE.

¿PERO CÓMO HIZO PARA METER LA NOTA EN EL CASILLERO?

Cuando volvimos a casa, llamó Zoe, quién había estado examinando la evidencia de la escena del crimen.

¿RECUERDAS LOS PALITOS QUE CUBRÍAN EL HOYO? LOS CORTARON CON UNA SIERRA PEQUEÑA.

QUÉ INTERESANTE. GRACIAS, ZOE.

MAX, ¿QUÉ TIENE QUE VER UNA NAVAJA CON LA TRAMPA?

TODO, ALISON. ABSOLUTAMENTE TODO.

¿Ya sabes quién puso la trampa? Todas las claves están dadas aquí, pero ve a la página 74, si quieres confirmar la respuesta.

15

Búsqueda Onomástica

Prueba tus aptitudes de sabueso y encuentra los nombres escondidos en los cuadros.

Muévete de una letra a otra, en dirección de arriba abajo, en diagonal o al través. Puedes regresar más de una vez a una letra por la que ya hayas pasado y es posible que no necesites pasar por todas las letras de cada cuadro.

1.

L	I	G
E	S	N
C	H	A

2.

D	P	S
E	O	H
J	K	X

3.

E	D	N
R	X	I
A	M	F

4.

K	R	S
D	A	O
N	W	U

5.

X	B	I
T	S	L
O	N	A

6.

H	T	B
A	S	E
N	W	R

7.

V	E	P
O	A	R
Z	L	G

8.

L	S	H
D	U	A
K	J	C

Pista: Ocho de los siguientes diez nombres de personajes aparecen en los cuadros: Alison Santos, Josh Spodek, Ethan Webster, Nanda Kanwar, Zoe Palgrave, Leslie Chang, Lucas Hajduk, Jessica Peeves, Andrea Palgrave y Max Finder.

RESPUESTA EN LA PÁGINA 82.

aeromodelo estrellado

El caso del
aeromodelo estrellado

ALGUIEN DEBIÓ DE PONER EL CHICLE ALLÍ CUANDO NO ESTABA MIRANDO. PERO, ¿POR QUÉ? SOY EL MEJOR PILOTO Y LES AGRADO A TODOS.

¿EL AVIÓN ESTÁ BIEN? ¿QUÉ PASÓ?

Era Katlyn, la hermanita menor de Alex. No era aficionada al aeromodelismo, pero Alex estaba cuidándola y la llevó al parque.

¿QUÉ TE IMPORTA? QUERÍAS IR AL CENTRO COMERCIAL A VER ESA ESTÚPIDA PELÍCULA.

ME ESTÁN GUSTANDO. ¡LOS AVIONES SON GENIALES!

EL CHICLE BLOQUEÓ EL ALERÓN IZQUIERDO.

DÉJATE DE SABIONDECES. PUEDO VER CLARAMENTE UN CHICLE PEGADO EN EL ALA.

Stuart es capaz de construir un avión mientras duerme. Había ayudado a Alex a construir el avión, pero Alex no quería ninguna ayuda.

Crystal Diallo era nueva en el Club, pero les había ayudado a Alex y a Katlyn a preparar el avión. Nos dijo que Nicolás Musicco era a quien debíamos vigilar.

ALEX LE GANÓ A NICOLÁS LA PRESIDENCIA DEL CLUB EL MES PASADO. ¿TE PUEDES IMAGINAR A UN MAL PERDEDOR?

19

Nicolás negó haber saboteado el avión de Alex, pero el paquete de chicle junto a su lonchera no sirvió para convencernos de su inocencia.

SON MIS CHICLES, PERO YO NO ERA EL ÚNICO COMIENDO CHICLE. MIREN USTEDES, FALTAN SEIS.

Nicolás decía la verdad: faltaban seis chicles del paquete. Los que habían usado provenían de este paquete.

¿TODOS COMIERON CHICLE?

TODOS MENOS KATLYN, NO LE GUSTA EL DE MORA. ALEX TOMÓ EL DE ELLA. ASÍ QUE TOMÓ DOBLE PORCIÓN.

Nicolás nos dijo que cuando se le acabó el chicle, lo botó a la basura. Tenía la lengua azul para probarlo.

ALEX MOLESTA A CRYSTAL PORQUE ESTÁ APRENDIENDO. LA SEMANA PASADA ESTABA TAN ENFADADA, QUE TRATÓ DE PISAR EL AVIÓN CON SU BICICLETA.

Mientras tanto, al otro lado del parque, las cosas se estaban calentando.

¡LÁRGATE, STUART! NO NECESITO TU AYUDA. APUESTO A QUE FUISTE EL QUE ARRUINÓ MI AVIÓN.

¿POR QUÉ ESE PATÁN ES PRESIDENTE DEL CLUB?

Stuart y Alex habían construido el avión juntos, pero Stuart había hecho todo el trabajo pesado.

ESE CHARLATÁN NO SABE NADA. Y AHORA LE VA A TOCAR LLEVAR A KATLYN A VER ESA PELÍCULA.

De camino a casa, las cosas no mejoraron para Alex.

¿DÓNDE ESTÁN ESOS CHICLES? LOS TENÍA EN ESTE BOLSILLO.

CHICLE DE MORA, ¡GUÁCALA!

ALLÁ VA NICOLÁS. NO CREO QUE NOS ESTÉ DICIENDO LA VERDAD.

SIGÁMOSLO, A VER QUÉ DESCUBRIMOS.

Seguimos a Nicolás durante casi una hora. Almorzó y después se dirigió al centro comercial. Estábamos a punto de irnos, cuando las cosas se pusieron interesantes.

CARTELERA HOY

1 LOS PAÑALES DE LA PRINCESA 2

La Cabaña de los Pas...

¡DEBISTE HABER VISTO! EL CHICLE DAÑÓ COMPLETAMENTE EL AVIÓN DE ALEX. ¡FUE TAN DIVERTIDO!

TRENES A ESCALA 30%

SACA EL TREN DE ATERRIZAJE, MAX. YA SÉ QUIÉN HIZO ESTRELLAR EL AVIÓN.

¿Sabes quién saboteó el avión de Alex? Todas las pistas están dadas aquí, pero si quieres confirmar la respuesta, ve a la página 74.

Mensaje en clave morse

Alex les mandó a Max y a Alison una nota. El problema es que la escribió en clave morse. Ayuda a los detectives a descifrar el mensaje en una hoja de papel aparte.

```
--/.-/-..-//-.--//.-/.-../.-.../...-/---/-.//

--./-./.-/-/-.-/.-/.-/.-//...//.--./---/-//.-/.../...-/--/.-.

--../.-./.-/-/-.-/.-/.-../.-/.-/.//...//.--.-/.-.-//-..././.../...-/--/.-.

...-/././.-/-/.-/-...//.-/-/.-/...-/---//-.././...//...-/.../.-//-.././.../-/-.//

../././-/-//...-/./.-/-.../...-/.--///-//-/.-.../-//.-.//.-.//.-.//.-//--/.././.---/---//

..-/-.../.../.-.//-.././.../.././...//.-/---/-/../-.//--/.-../...-/---//-..././.-/-.//--/..-/

.-./././...//-../.-/././-/-./.-.-/-/././...//-../../../.../-.././.-/-.///-../.-/-..//--/..-/

-./-/-../---//

.../...-/.--//.-/-//-/..//-.//.---//

.-/-/.-../.-/-/.-/-..///
```

Pista: La clave morse se escribe usando una barra inclinada (/) entre letras y doble barra (//) entre palabras.

Símbolos de la clave morse

A .-	J .---	S ...			
B -...	K -.-	T -			
C -.-.	L .-..	U ..-			
D -..	M --	V ...-			
E .	N -.	W .--			
F ..-.	O ---	X -..-			
G --.	P .--.	Y -.--			
H	Q --.-	Z --..			
I ..	R .-.				

RESPUESTA EN LA PÁGINA 82.

El caso de los patines de la buena suerte

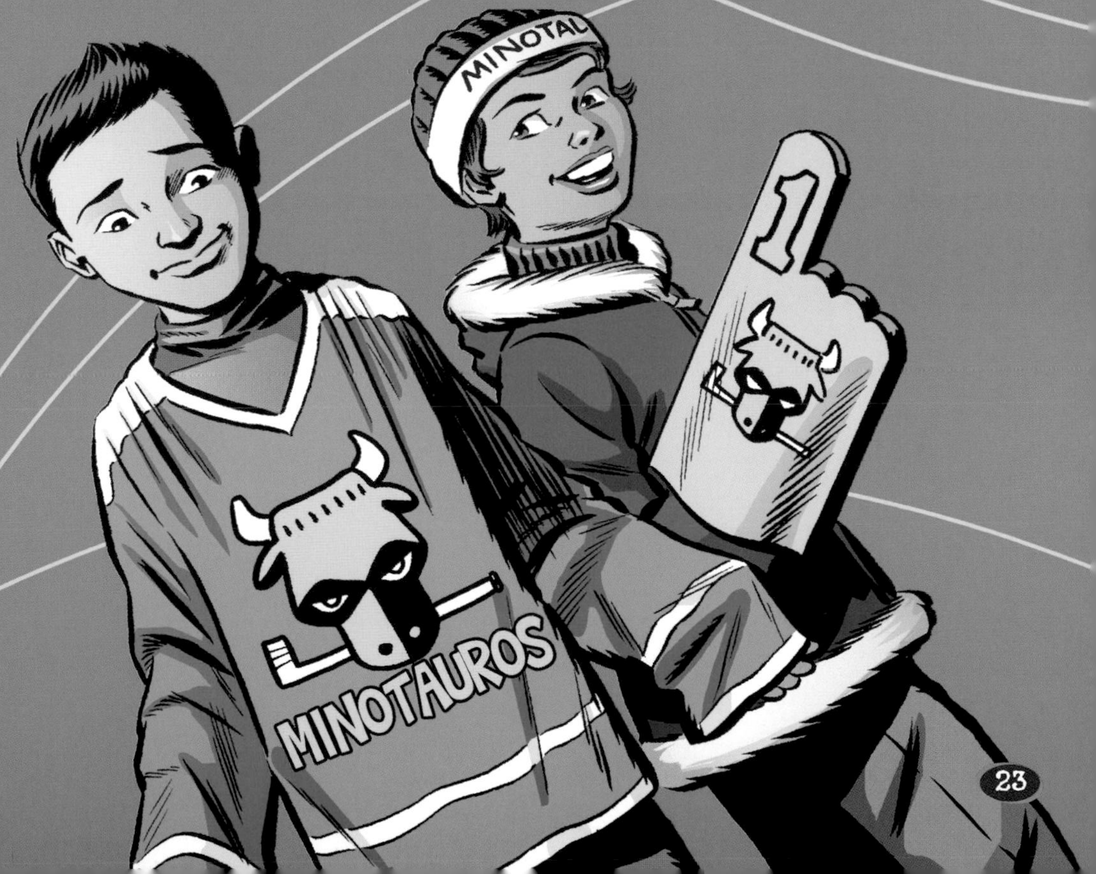

El caso de los patines de la buena suerte

¿Sabías que para los partidos de hockey congelan los discos para que no reboten? Dato de Max Finder, detective aficionado. Empezaba el partido entre los Minotauros de Meadows y los Titanes de Timber Creek. Alison me había llevado para hacerle barra a los Minotauros, el equipo de su hermano.

SÉ QUE PREFERIRÍAS ESTAR LEYENDO UN LIBRO SOBRE DETECTIVES, MAX, PERO TRATA DE EMOCIONARTE. REMÁNGATE LA CAMISA, ASÍ NADIE SABRÁ QUE ES DE MI PAPÁ.

Íbamos hacia nuestros asientos cuando Tony DeMatteo, el jugador estrella de los Minotauros, salió corriendo del camerino.

¡MAX, ALISON! ¡ALGUIEN SE LLEVÓ MIS PATINES!

Tony estaba a punto de romper el récord de goles anotados en una temporada. La estrella del hockey Dimitri Kozlov había autografiado sus patines.

SON VIEJOS, PERO DESDE QUE EL COHETE RUSO ME LOS AUTOGRAFIÓ, SOY UNA MÁQUINA DE ANOTAR GOLES. ¡LOS NECESITO PARA ROMPER EL RÉCORD Y GANAR LA FINAL!

Con frecuencia, Tony olvida que el hockey es un deporte de equipo. Su ego es muy grande, pero el pobre se veía desesperado, igual que Alison. La mera idea de que Tony no jugara el partido final era demasiado.

NOSOTROS LOS ENCONTRAREMOS.

CUÉNTANOS QUÉ PASÓ DESDE EL PRINCIPIO.

Llegué temprano para almorzar. Me senté con Lorrisa Swart, que juega como extremo derecho, toda su familia juega hockey, Ben McGintley también estaba. El es defensor, pero le gustaría anotar más goles.

VOY AL BAÑO. ¿PODRÍAS ECHARLE UN OJO A MI MALETA MIENTRAS VUELVO?

CLARO, TONY.

Lorrisa no cuidó bien mi maleta, porque cuando volví, ya se había marchado. Ben también se había ido. Los dos jugadores de los Titanes sí seguían allí y parecían sospechosos.

¡PODEROSO MINOTAURO!

OJALÁ QUE TUS PATINES TE TRAIGAN MUCHA SUERTE HOY, TONY, LA VAS A NECESITAR.

Me gusta igualar marcadores, entonces no les presté atención y me fui al camerino, en donde dejé mi maleta. No tuve tiempo de ver mis patines, porque el entrenador Coleman quería que nos reuniéramos en la tribuna para repasar la estrategia.

CUIDEN LA DEFENSA, PASEN EL DISCO Y MANTENGAN LA CABEZA EN ALTO.

CUANDO VOLVÍ AL CAMERINO, VI QUE MIS PATINES NO ESTABAN.

ALGUIEN NO QUIERE QUE JUEGUES ESTE PARTIDO...

O QUE LOS MINOTAUROS GANEN.

Tony volvió al camerino y Alison y yo fuimos a la cafetería. Doug Chang estaba limpiando el desorden que había dejado el jaleo antes del partido. Le preguntamos si había visto algo.

LORRISA TUMBÓ EL BASURERO CON SU MALETA DE HOCKEY AZUL. ¡ERA TAN GRANDE QUE CASI NO PODÍA CARGARLA! BÁSICAMENTE LA ARRASTRÓ POR EL SUELO.

En el suelo, cerca del baño de mujeres, encontramos una pista importante.

MINOTAUROS

ES EL PROTECTOR DE UN PATÍN DE HOCKEY.

Tony D.

Fue fácil descubrir a quién pertenecía el protector. Revisé el basurero, pero estaba vacío; habían cambiado la bolsa por una nueva.

Mientras yo hablaba con el encargado de la pista, Alison entró a registrar el baño de mujeres. Allí se encontró con Nanda Kanwar, que juega como guardameta.

ESCUCHÉ QUE SIMÓN SWART ESTÁ PREOCUPADO POR SU RÉCORD. PUESTO QUE QUIERE JUGAR PROFESIONALMENTE.

Encontré a Gary, el conserje y quien conduce el carrito que limpia el hielo, detrás del estadio. Me dijo que no había visto patines en la basura.

VI UN HOMBRECITO DE ANTEOJOS HUSMEANDO POR LOS LADOS DEL CAMERINO DE LOS MINOTAUROS CUANDO EL EQUIPO ESTABA EN LA TRIBUNA. USABA UNA CHAQUETA DE TITANES, ENTONCES LO MANDÉ A VOLAR.

Alison sacó la cabeza por la ventana del baño de mujeres. Estaba preocupada. Quedaban unos minutos para que el partido empezara y no aparecían los patines. Teníamos que encontrar al fisgón del que hablaba Gary.

NINGUNA PISTA AQUÍ. ¿TIENES OTRA IDEA?

REGISTRA EL CAMERINO DE LOS MINOTAUROS. VOY A TERRITORIO TITÁN.

Sentarme detrás de la banca de los Titanes no fue la mejor idea, pero al menos sí me acercó al fisgón que había mencionado Gary. Estaba hablando con el entrenador de los Titanes.

VAMOS TITANES

¿TUVISTE SUERTE EN EL CAMERINO?

Antes de escuchar la respuesta del fisgón, los Titanes salieron de su camerino y se sentaron en la banca.

¡OYE, PEQUEÑO MINOTAURO! ¡TE EQUIVOCASTE DE SECCIÓN!

Mientras huía de los Titanes, Alison estaba registrando el camerino de los Minotauros.

¿DÓNDE ESTÁN, LORRISA?

BUSCA BIEN, BEN. LOS PUSE EN MI MALETA DE HOCKEY.

EL PARTIDO VA A COMENZAR Y NO TENGO MIS PATINES.

NO TE PREOCUPES. PRONTO ESTARÁS SOBRE EL HIELO.

YA SÉ QUIÉN TOMÓ TUS PATINES Y EN DÓNDE LOS ESCONDIERON.

¿Sabes quién lo hizo? Las pistas están aquí, pero confírmalo en la página 75.

La esquina del entrenador

El entrenador Coleman está llenando la tabla de anotaciones de los Minotauros. Descifra quién es el mayor anotador del equipo.

Minotauros de Meadows

Jugador	Número	Posición	Goles	Pases	Minutos de sanción
Tony DeMatteo	17	Extremo izquierdo	- -	13	3
Ben McGintley	6	Defensor	3	9	7
Lorrisa Swart	12	Extremo derecho	- -	14	1
Marcus Santos	8	Extremo izquierdo	9	19	3
Alex Rodríguez	21	Defensor	- -	22	2
Leslie Chang	3	Centro	- -	19	1
Josh Spodek	18	Defensor	- -	16	5
Layne Jennings	15	Defensor	10	18	2
Nicolás Musicco	7	Extremo derecho	- -	24	4
Nanda Kanwar	31	Guardameta	0	3	0

Pistas:

- Leslie ha anotado el doble que Lorrisa.
- Lorrisa ha anotado solo en dos partidos, pero logró tres goles cada vez.
- Nicolás tiene cinco goles más que Layne, pero dos menos que Alex.
- Josh ha anotado la mitad de goles que Leslie.
- Tony ha anotado el doble de goles que Alex.

RESPUESTA EN LA PÁGINA 82.

PRESENTADOR ENERGÚMENO

El caso del
PRESENTADOR ENERGÚMENO

¿Sabías que el burro más peludo es el *poitou*, originario de Francia? Dato curioso por cortesía de Max Finder. Mi clase estaba en el canal de televisión local para entregar lo que habíamos recaudado para una campaña benéfica. Esa mujer que hablaba con nosotros trabaja en el canal. Y es mi mamá.

¡BIENVENIDOS A CKWM! Y UN SALUDO ESPECIAL PARA MI HIJO. NO TE VOY A AVERGONZAR, MAX.

¡DEMASIADO TARDE!

Camerino

Nov 09/13
Fundación infantil CKWM $510⁵⁰
Cinco millones de pesos m/cte. º∕∞

¡AY!

¡OUCH!

Unos segundos más tarde, otro estaba en una situación embarazosa.

El tipo es Toro O'Wiley, el presentador de las noticias en CKWM y el jefe del canal. El chico es Kyle Kressman, le encantan las bromas, pero esta vez había sido un accidente y no había duda al respecto.

¡SUFICIENTE, KYLE!

¡CUIDA DÓNDE TE PARAS, SABANDIJA!

¡CUIDE USTED POR DÓNDE CORRE!

El profesor Reed, regañó a Kyle por hacer caer a Toro. Kyle se enfadó, entonces se metió en el baño y no salió más de allí.

¿DÓNDE HAS ESTADO, ÚRSULA? ¿HAS VISTO A KYLE?

NO. YO ESTABA CHARLANDO CON DEB, LA MAQUILLADORA.

El papá de Úrsula trabaja en el canal, y ella conoce a varias personas aquí. Nos encontramos con ella en la mesa de los refrigerios.

REGUÉ JUGO Y LA MESA ESTÁ PEGAJOSA.

NO ME LO PARECE.

ÚRSULA GASTÓ MEDIO BOSQUE LIMPIANDO.

ALISON, MAX. TENEMOS UN PROBLEMA.

Seguimos a mi mamá hasta el camerino de Toro O'Wiley. Él estaba allí, pero no su cabello.

ROBARON EL... PELO DEL SEÑOR O'WILEY.

¡FUE UNO DE ESOS MOCOSOS! ¡NO SALDRÉ AL AIRE VIÉNDOME COMO UN HUEVO!

Mi mamá había tenido la brillante idea de llevarnos al canal, y ahora parecía que estaba siendo contraproducente.

CHICO: ENCUENTRA MI PELO O TU MAMÁ TRABAJARÁ POR LA NOCHE HASTA QUE TE GRADÚES.

El señor O'Wiley estaba en la sala de maquillaje cuando robaron su peluca. Deb lo estaba maquillando para salir al aire cuando desapareció, pero ella no había visto nada.

TORO SIEMPRE SE QUITA LA PELUCA Y YO LA PONGO EN EL MANIQUÍ DETRÁS DE MÍ. PERO CUANDO ME VOLTEÉ, YA NO ESTABA.

ÚRSULA ESTUVO AQUÍ Y FUE A TRAERME UN CAFÉ. FRAN, LA PERSONA DEL REPORTE CLIMATOLÓGICO, TAMBIÉN VINO.

Si no aparecía el peluquín, Fran presentaría las noticias de la tarde. Fran deseaba hacerlo, pero Toro siempre se lo impedía.

Vimos a Úrsula cuando íbamos a ver a Fran. Nos dijo que la peluca estaba en el maniquí cuando salió de la sala de maquillaje. Deb trabajaba con el papá de Úrsula, pero Toro se enfadó con él y desde entonces está en las noticias de medianoche.

MI PAPÁ SALE DE CASA PARA IR A TRABAJAR JUSTO CUANDO YO LLEGO.

Fran nos dijo que la peluca no estaba en el maniquí cuando saludó a Deb en la sala de maquillaje. También recordó haberse cruzado con Úrsula.

VI A ÚRSULA. PARECÍA TENER CALOR CON ESA CHAQUETA. TAMBIÉN VI A ESE CHICO KYLE. ENCUÉNTRENLO ANTES QUE LOS GUARDAS DE SEGURIDAD.

ESTUDIO 1

¡FUERA DE AQUÍ, MUCHACHO!

¡KYLE!

¡ALLÁ ESTÁ!

¡AQUÍ ESTÁN! ¡NO DEBEN SALIR DEL CAMERINO DE INVITADOS!

¿QUÉ ESTABAS HACIENDO ALLÁ, KYLE?

DESQUITÁNDOME. NADIE ME METE EN PROBLEMAS. ¿QUIEREN CHICLE?

¡LAS NOTICIAS EMPIEZAN EN CINCO MINUTOS! ¿DÓNDE ESTÁ MI PELO?

EMPIECE A ENSAYAR, SEÑOR O'WILEY, YA SÉ DÓNDE ESTÁ SU PELUCA.

Y EL LADRÓN ESTÁ EN ESTA HABITACIÓN.

¿Sabes quién tomó la peluca de Toro O'Wiley y dónde está escondida? Todas las pistas están aquí, pero ve a la página 76 si quieres confirmar la respuesta.

¡LLENA LOS ESPACIOS NOTICIOSOS!

¿Qué hay de nuevo en las noticias? Pídele a un amigo que llene los espacios indicados en las siguientes noticias. Después, léanlas juntos en voz alta.

Bienvenidos a las noticias de esta noche.
Yo soy [tu nombre]. Nuestra noticia más importante sucedió en la ciudad de [un tipo de queso], que estuvo en completo caos después de que un [un animal salvaje] saltó de un [un aparato grande] y corrió calle abajo en [una prenda de vestir]. El tráfico se paralizó y un transeúnte llamó a gritos a [un súper héroe]. La policía le pidió a [un(a) cantante famoso(a)] que cantara [una canción de niños] para calmar a la gente. Después, dirigió a la muchedumbre hacia [un país lejano]. Finalmente, la ciudad quedó en un absoluto silencio como un [un instrumento musical] por el resto de la noche.

Ahora, los deportes: un [una raza de perro] venció a [un tipo de pez] hoy gracias a los esfuerzos de [la mamá de uno de tus amigos]. Y el [un animal exótico] venció a [una fruta] en el tiempo suplementario. [El nombre de tu mascota] ha decidido retirarse de [un deporte extremo] para dedicarse a [un tipo de baile]. Finalmente, [un jugador famoso de fútbol] va a viajar a [tu colegio] mañana en la noche, para enseñarles a chicos y chicas todo sobre [un juego de video que te guste] y [un tipo de comida rápida].

Y con respecto al clima, por primera vez en [un número grande] años, [una verdura] cayó del cielo durante una extraña tormenta. Por suerte, [un personaje de televisión] lo(a) recogió y preparó [tu platillo favorito] con él (ella). El pronóstico para mañana indica que al parecer lloverán perros y gatos y [un tipo de insecto]. Por tanto, asegúrense de llevar con ustedes un buen [un útil escolar]. Estas fueron las noticias de la noche. Buenas noches y recuerden mantener su [una parte corporal] entre el bolsillo.

desaparición del cómic

El caso de la desaparición del cómic

Max Finder aquí, detective aficionado y apurado fanático de los cómics.

Kengo Takahashi, estaba lanzando su nueva serie en la tienda de cómics.

¡MAX! ¡LLEGAS UNA HORA TARDE! ¿DÓNDE ESTABAS?

ME QUEDÉ EN EL ÚLTIMO NIVEL DE "TRUCOS Y CLAVES" Y PERDÍ LA NOCIÓN DEL TIEMPO.

¿ME PERDÍ DE MUCHO?

CASI TODO.

TIENES SUERTE DE QUE HAYA TOMADO FOTOS.

Sara Khaddase ganó una página de uno de los cómics autografiada por él.

Sara le presentó a Takahashi a Crystal Diallo, que también es fanática de los cómics.

Crystal fue a buscar algo, mientras Takahashi le dio consejos a Sara.

Alison tomó una última foto de Sara y Crystal con Takahashi.

Me había perdido la mayor parte del evento, pero no quería irme sin ver el premio de Sara.

OYE, SARA, DÉJAME VER TU PÁGINA AUTOGRAFIADA.

¡CLARO, MAX! LA TENGO AQUÍ EN MI...

¿CUADERNO DE DIBUJO?

¡ESTE NO ES MI CUADERNO DE DIBUJO! ¡MI PREMIO TAMPOCO ESTÁ!

PUSE LA PÁGINA DENTRO DE MI CUADERNO PARA QUE NO SE ARRUGARA Y LO GUARDÉ EN MI MOCHILA.

USTEDES DEJARON LAS MOCHILAS EN EL EXHIBIDOR MIENTRAS HABLABAN CON TAKAHASHI.

ALGUIEN CAMBIÓ LOS CUADERNOS MIENTRAS ALISON LES TOMABA FOTOS.

PERO, ¿DE QUIÉN ES ESTE CUADERNO?

¡ES MÍO! ¿CÓMO LO CONSEGUISTE?

¡JAKE, ESPERA!

¡NO TENGO TIEMPO, MAX! ¡ME ESTÁN ESPERANDO!

¡SOLO QUIERO HACERTE UNAS PREGUNTAS!

¿PARA QUE ME CULPES POR ALGO? ¡CLARO QUE NO!

PRUNNNN

¡DIVIÉRTETE JUGANDO AL DETECTIVE, MAX!

Jake Granger era un fanático de Kengo Takahashi y el principal sospechoso.

Al día siguiente pasamos por el club de manga. El cómic de Sara y Crystal iba a salir en el periódico del colegio, entonces se estaban dando prisa para terminarlo a tiempo.

Patrulla de Hadas

POR CRYSTAL DIALLO Y SARAH KHADDA

¡HOLA, CHICOS! MIREN LA CARÁTULA DEL CÓMIC.

AMBAS DIBUJAMOS UNA. ÍBAMOS A USAR LA MÍA, PERO ESTABA EN MI CUADERNO.

¡NO PUEDO ESPERAR A QUE TODOS VEAN MI CARÁTULA!

¡NO TIENES ESCAPATORIA, JAKE! HABLA AHORA.

SOY INOCENTE. DEJÉ MI CUADERNO DENTRO DE MI MOCHILA Y LA PUSE CERCA DEL EXHIBIDOR. DESPUÉS, LO VI CUANDO SARA LO SACÓ.

Luego, fuimos a casa de Alison y miramos la página web de Travis.

NO HAY SEÑALES DE LA PÁGINA AUTOGRAFIADA DE SARA.

TAL VEZ NO FUE TRAVIS QUIEN LA ROBÓ.

LOS CÓMICS DE TRAVIS — LISTA DE NOVEDADES — NEW!

NO NECESITA ANUNCIARLA. DEBE TENER UNA LISTA DE COMPRADORES.

SOLO TENDRÍA QUE ENVIAR UN CORREO ELECTRÓNICO MASIVO Y ESPERAR UNA OFERTA.

BUSCAR EN INTERNET FUE UNA PÉRDIDA DE TIEMPO.

CLIC

TAL VEZ NO. LA SOLUCIÓN A ESTE MISTERIO ESTÁ EN LAS FOTOS DE ALISON.

¿Ya sabes quién robó el cuaderno de Sara? Las pistas están aquí, para confirmarlo ve a la página 76.

Decodifícalo

Esta página del cuaderno de dibujo de Sara está llena de acertijos. ¿Puedes descifrar sus significados?

①

i

v mundo a

e j

②

por
de todo

③

alerta
alerta
alerta ←

④

ceja ☆ ceja

⑤

solda

2

calla

⑥

invertir
nada

⑦

ÉI
↰ de la nada

⑧

Paso
Paso

⑨

TUVO UNA

RE

⑩

ME101VATO

RESPUESTA EN LA PÁGINA 82.

Elvis bromista

El caso del
Elvis bromista

¿Sabías que los perros basenji emiten un sonido agudo que parece un canto? Dato de Max Finder, coleccionista de datos y detective. Alison y yo fuimos al Hotel Pilton Meadows para ver al hermano de Alison, Marcus.

¡TE VES BIEN, MARCUS! ¿QUÉ TAL EL NUEVO TRABAJO?

SALÓN AMARILLO

EVENTOS ESPECIALES
CONVENCIÓN DE IMITADORES DE ELVIS
GRAN SALÓN ROJO
EXPOSICIÓN LOCAL DE PERROS
SALÓN AMARILLO

¿POR QUÉ HAY PERROS Y ROCANROLEROS?

HAY UNA EXPOSICIÓN DE PERROS Y UNA CONVENCIÓN DE IMITADORES DE ELVIS.

Elvis Presley había sido el rey del rock and roll, pero Nicole Pilton no era una fanática. Su papá era el dueño del hotel y ella estaba organizando la exposición de perros.

¡MARCUS! ¡ESTOS IDIOTAS ESTÁN HACIENDO SUS TONTOS TRUCOS DE NUEVO!

SALÓN AMARILLO

EXPOSICIÓN LOCAL DE PERROS

LOS SÁNDWICHES DE MANTEQUILLA DE MANÍ PODÍAN GUSTARLE A ELVIS, PERO NO SON APTOS PARA PERROS. ¡UNA BROMA MÁS Y A FUERA TODOS LOS ELVIS!

¡NO FUIMOS NOSOTROS, NICOLE!

PARECE QUE ALGUIEN QUIERE ACABAR CON LA CONVENCIÓN DE ELVIS, PERO ¿POR QUÉ?

Los chicos eran Alvin Potter y Eric Brady. Eric iba a competir en el concurso de imitadores de Elvis menores de dieciséis años. Alvin era el campeón, pero acababa de cumplir diecisiete y no podía competir más.

MIRA: UNA CAPA DE ELVIS CUBIERTA DE PELOS ROJIZOS. NINGÚN VERDADERO FANÁTICO DE ELVIS TENDRÍA UNA CAPA TAN SUCIA.

¿COLORANTE COMESTIBLE ROSADO Y PELUCAS?

Afuera, todo parecía indicar que Nicole y Alvin no eran enemigos, después de todo.

4:32

SI EL ESPECTÁCULO SE CANCELA, SEGUIRÍAS SIENDO EL CAMPEÓN DEL CONCURSO.

¿YO? TÚ Y TINKERBELL ESTÁN ENFADADAS PORQUE TU PAPÁ NOS DIO EL SALÓN GRANDE.

4:31

ORGANIZADORES
EXPOSICIÓN DE PERROS
POR FAVOR GOLPEAR

HOLA, NICOLE. ¿TU PAPÁ YA ECHÓ A LOS ELVIS DEL HOTEL?

DEJA LAS COSAS ASÍ, CHESTER. Y DÉJAME SOLA, QUE QUIERO BAÑAR A TINKERBELL ANTES DE LA GRAN PRESENTACIÓN.

Podía escuchar agua en la habitación de al lado, pero eso no me preocupaba.

¡CLIC!

¡ALGUIEN VIENE! ¡ESCONDÁMONOS!

Desde nuestro escondite en el armario pudimos ver al bromista alistándose, pero no logramos ver de quién se trataba.

44

Alison siguió al Elvis hasta el ascensor. Nosotros salimos y la encontramos allí.

¿DE DÓNDE SALIÓ ESE ELVIS? ¿Y DÓNDE ESTÁN MAX Y ERIC?

HAY MUCHOS ALLÁ ABAJO. NO VAMOS A ENCONTRAR AL BROMISTA.

QUIENQUIERA QUE SEA EL ELVIS DISFRAZADO, BAJÓ AL VESTÍBULO.

Todo el mundo estaba listo para el concurso de Elvis, pero nosotros no habíamos encontrado todavía al bromista.

PILTON CANCELARÁ TODO A LA PRIMERA SEÑAL DE OTRA BROMA.

¡AYYYY!

¡LA FUENTE!

UNO DE ESOS ELVIS LO HIZO. RECONOCÍ LA CAPA BLANCA.

¡SE CANCELA EL CONCURSO! QUIERO FUERA DE MI HOTEL A TODOS LOS ELVIS.

IMI... GRA...

EXPOSICI... SA...

¡NO EMPAQUEN TODAVÍA! YA SÉ QUIÉN ES EL BROMISTA.

¿Sabes quién lo hizo? acá están las pistas, pero ve a la página 77 para confirmarlo.

Juego de iguales

Este juego es de lo más divertido. Solo tres perros idénticos aparecen en los tres recuadros. ¿Puedes encontrarlos?

RESPUESTA EN LA PÁGINA 82.

resentimiento en el río Gander

El caso del
resentimiento en
el río Gander

¿Sabías que los gansos usan diez sonidos diferentes para comunicarse? Dato de Max Finder, coleccionista de datos. Era el Día de la Tierra y estábamos recogiendo basura de la orilla del río Gander, en el parque.

¡ESTA BASURA ES MUY APESTOSA!

ESOS GANSOS PARECEN ENFERMOS.

¡NO OTRA VEZ!

EL RÍO NO ES EL ÚNICO QUE NECESITA NUESTRA AYUDA, MAX.

Becca Bastedo era la líder de nuestro grupo de limpieza. También es voluntaria en el refugio de animales.

ENCONTRAMOS VARIOS GANSOS ENFERMOS Y CREEMOS QUE ALGUIEN ES RESPONSABLE.

Becca se llevó a los gansos enfermos y Alison y yo evaluamos la escena.

¿QUIÉN QUERRÍA HACERLES DAÑO A UNOS GANSOS?

HAY QUE DETENERLO, ANTES DE QUE LO HAGA DE NUEVO.

ESTOS FRÍJOLES ESTÁN POR TODAS PARTES. PUEDEN ESTAR CUBIERTOS CON QUÍMICO.

GOLF, JARDINERÍA Y PESCA. AQUÍ SE REALIZAN MUCHAS ACTIVIDADES.

BURRÚN BURRÚN

Y ALGUIEN OPINA QUE NO HAY SUFICIENTE ESPACIO PARA LOS GANSOS.

Bronco Spodek y su papá llegaron en su ruidosa camioneta. Pescaban debajo del puente, pero los gansos arruinaban la diversión.

MI PAPÁ ORGANIZA UN TORNEO DE PESCA, Y QUIERE FUERA DEL PARQUE A ESOS GANSOS.

HACEN UN DESASTRE. SUS EXCREMENTOS SON TAN APESTOSOS, QUE HACEN DIFÍCIL PESCAR AQUÍ.

Kristen Taylor era la jardinera. Los gansos generalmente se comían las flores, pero no esa semana.

TAL VEZ ENCONTRARON ALGO MEJOR QUE COMER Y POR ESO NO HAN VUELTO, LO QUE ME PARECE PERFECTO.

ORGÁNICO ORGA MULCH

Kristen no usaba pesticidas. Y mientras su carrito se alejaba con un zumbido, nos señaló en dirección de otro sospechoso.

PARQUE

URUUNNN

VAYAN AL CLUB DE GOLF. ELLOS USAN QUÍMICOS.

Código en yeso

Max ayudó a resolver el misterio en el río Gander, pero terminó con una pierna fracturada. Alison le escribió este mensaje secreto en el yeso. Usó números para representar las letras del alfabeto, así, 1 = A y 26 = Z.

13 1 24

19 21 16 15 14 7 15 17 21 5 1 22 5 3 5 19 5 12 20

18 1 2 1 10 15 4 5 4 5 20 5 3 20 9 22 5 16 21 5 4 5

19 5 18 21 14 4 15 12 15 18 4 5 16 9 5 18 14 1

1 12 9 19 15 14

18 3 26 10 6 5

4 12 16 20 25 26 10 11 6 10 18

22 10 6 10 10 6 5 3 6 10 7 12 5

11 8 10 21 22 8 12 26 22 19 9

22 21 22 3 6 23 26 20 26 6

4 18 15

Max le escribió a Alison este mensaje en respuesta, pero empezó en la letra J, así, 1 = J y 26 =I. **¿Puedes descifrar los mensajes?**

El caso del

vecino fisgón

¿Qué es?

Max ha estado recluido en su habitación debido a su fractura en la pierna durante muchos días. **¿Puedes identificar los objetos que Max ha estado observando por la ventana con sus binoculares?**

RESPUESTA EN LA PÁGINA 83.

reflejo cegador

El caso del reflejo cegador

Luego, en la portería de los Tornados...

¡VAMOS, ALISON!

¡AY! ¡MIS OJOS!

METEOROS

¡ZAZ!

ALGO BRILLÓ FRENTE A MIS OJOS Y ME CEGÓ CUANDO QUISE PATEAR EL BALÓN, AL IGUAL QUE A BEN.

AL PARECER, TWINDALE ESTÁ RECIBIENDO AYUDA.

EL RESPLANDOR PROVINO DEL DIAMANTE DE BÉISBOL.

NO FUE UN ACCIDENTE, ASÍ NUNCA VAMOS A GANAR EL PARTIDO.

TAMBIÉN LO VI. PARECÍAN RAYOS DEL SOL REFLEJADOS EN UN ESPEJO.

No iba a jugarse ningún partido de béisbol, por lo que los únicos en la gradería eran Lucas Hajduk y uno de sus amigos.

ANDA A HUSMEAR POR EL LADO DE LOS BAÑOS. HABÍA UN TIPO EN EL TECHO HACE POCO.

HOME
VISITOR

LUCAS ESTÁ EN TWINDALE, ¿PERO ANTES NO ESTUDIABA EN EL COLEGIO DE MEADOWS?

SÍ. LO EXPULSARON. DEBE GUARDARLE RESENTIMIENTO A NUESTRO COLEGIO POR ELLO.

61

En el medio tiempo, nuestro equipo iba perdiendo por un gol. Fuimos a contarles a Andrea, la hermana de Zoe, y a Alison lo que averiguamos.

KATE HA ESTADO RESENTIDA CON EL EQUIPO.

EL SEÑOR HUCKLE FUE MI PROFESOR; NOS ENSEÑÓ QUE LOS ESPEJOS REFLEJAN LA LUZ.

No mucho después de que empezó el segundo tiempo...

¡AY!

¡ESTA VEZ EL REFLEJO PROVINO DE LA TIENDA!

¡VAMOS!

La tienda era el lugar perfecto para que el culpable se camuflara.

TIENDA

TENDRÍAS QUE ESTAR EN UN PUNTO ALTO PARA VER LA CANCHA DESDE AQUÍ.

NO VEO POR AQUÍ AL POSIBLE CULPABLE.

VUELVE AL PARTIDO, ALISON. YA SÉ QUIÉN ESTÁ CEGANDO A LOS JUGADORES.

¿Quién está encandilando a los jugadores? Ve a la página 79 si quieres confirmar la respuesta.

Test forense

Prueba tus habilidades como investigador forense en la escena del crimen respondiendo las preguntas a continuación.

1. Existen tres tipos de huellas digitales: arco, presilla y globular.

   Verdadero o falso

2. Los detectives y los científicos forenses pueden usar huellas de labios o de los dedos de los pies para identificar a alguien.

   Verdadero o falso

3. El pincel que usan los investigadores forenses para buscar huellas digitales puede ser fabricado con pelo de ardilla.

   Verdadero o falso

4. Con frecuencia, los investigadores forenses usan un cepillo para levantar pelos y fibras de las diferentes superficies.

   Verdadero o falso

5. Con frecuencia, los detectives hacen un molde de las huellas, para preservarlas en caso de que las necesiten después.

   Verdadero o falso

6. Con tan solo examinar una hebra de pelo, los científicos pueden ayudarles a los detectives a determinar si una persona era hombre o mujer.

   Verdadero o falso

7. Los detectives pueden usar una aspiradora especial que succiona evidencia de la escena del crimen.

   Verdadero o falso

8. Al examinar la huella que deja un pie sobre la plantilla dentro de un zapato, los detectives pueden hacerla coincidir con el pie de alguien.

   Verdadero o falso

9. Los investigadores forenses llevan sus propias luces súper potentes a la escena del crimen para no perderse de ninguna pista.

   Verdadero o falso

10. Al examinar la letra manuscrita de alguien, los detectives pueden determinar si la persona escribe con la mano derecha o con la izquierda.

    Verdadero o falso

RESPUESTA EN LA PÁGINA 83.

El caso del
naufragio de los veleros

¿Sabías que los grillos catídidos tienen los oídos en las patas delanteras? Dato curioso por cortesía de Max Finder, coleccionista de datos y detective aficionado. Alison y yo estábamos visitando a su abuelo en la cabaña que tiene en el lago Trout. El abuelo ha pasado sus veranos allí desde que era un niño y ese día, todos sus amigos estaban reunidos para hacer una parrillada.

¡ALERTA DE CASO MISTERIOSO, MAX!

El ladrón de papitas era Cory Klein y la chica, Amanda Shaw. Ambos suelen pasar los veranos en el lago. Alison estaba mirando un álbum de recortes de los años cincuenta, cuando el abuelo Santos era un chico.

MIRA ESTO, MAX.

¡DESCUBIERTO EL CULPABLE DE NAUFRAGIO!

DANNY SANTOS, DE 12 AÑOS, CULPADO DEL HUNDIMIENTO EN EL ATRACADERO

4 VELEROS LES QUITA-RON LOS TAPONES DE DRENAJE, DOS DE ELLOS NAUFRAGARON, UNA CACHUCHA ROJA CON EL NOMBRE DE DANNY SAN-TOS SE ENCONTRÓ EN UNA DE LAS EMBARCACIONES HUNDIDAS, LO QUE SEÑA-LA QUE EL JOVEN ES EL CULPABLE. LOS OTROS

VELEROS SE SALVARON GRACIAS A WARREN KLEIN.

DOS VELEROS SE SALVARON GRACIAS A WARREN KLEIN.

AQUÍ DICE QUE ENCONTRARON UNA CACHUCHA MARCADA CON EL NOMBRE DE DANNY SANTOS DENTRO DE UNO DE LOS BOTES. ES EL NOMBRE DE TU ABUELO, ¿NO?

EL ABUELO ODIA QUE LE DIGAN DANNY. ADEMÁS, CUALQUIERA PUDO HABER PUESTO LA GORRA EN EL BOTE. EL ABUELO NO FUE QUIEN HUNDIÓ ESOS VELEROS, MAX. ¡TENEMOS QUE LIMPIAR SU NOMBRE!

TODO EL MUNDO SABE QUE TU ABUELO LO HIZO, ALISON. EL VIEJO ES EL HAZMERREÍR DE POR AQUÍ.

Evité que Alison bañara a Cory en gaseosa pegajosa justo cuando su abuelo pasaba por ahí. Iba charlando con el abuelo de Amanda. Eran viejos amigos e iban riéndose del abuelo Santos.

QUÉ BUEN DÍA PARA NAVEGAR, EUGENIO. DESEARÍA HABER TRAÍDO MI BOTE.

QUÉ SUERTE QUE NO LO HICISTE, WARREN. ¡NO HAY QUE DEJAR QUE DANNY "EL HUNDIDOR DE BOTES" SE ACERQUE.

Alison estaba decidida a limpiar el nombre de su abuelo. Después de la parrillada, nos sumergimos de lleno en nuestra investigación.

¿QUIEREN QUE LES CUENTE SOBRE EL HUNDIMIENTO DE LOS VELEROS? LO SIENTO, CHICOS, PERO ESO ES HISTORIA ANTIGUA.

Tal vez ya había sido el fin de la historia para el abuelo Santos, pero para Alison y para mí, el misterio estaba apenas empezando.

Al día siguiente, fuimos a la biblioteca. Ese verano, el naufragio de los veleros apareció en todos los periódicos. Decían las noticias que quien había hundido los veleros lo había hecho durante el espectáculo de fuegos artificiales.

TODO EL PUEBLO ESTABA EN LA PLAYA VIENDO LOS FUEGOS ARTIFICIALES.

Margaret Kim, la bibliotecaria, amiga del abuelo Santos, recordaba el naufragio de los veleros... y la cachucha roja.

UN TESTIGO VIO EN EL MUELLE A UN CHICO DELGADO CON UNA CACHUCHA ROJA DURANTE LOS FUEGOS ARTIFICIALES.

A TU ABUELO SE LE PERDIÓ ESA CACHUCHA MUCHO ANTES DEL NAUFRAGIO. YO FUI TESTIGO DE TODO EL ASUNTO.

Una semana antes, yo estaba en el atracadero cuando tu abuelo llegó a visitar a su amigo Eugenio, que trabajaba allí con Warren. El papá de Warren era el dueño del atracadero y del restaurante del pueblo.

¡DAN, NOS VAMOS A LA PLAYA MIENTRAS MI PAPÁ ESTÁ ALMORZANDO!

¡SÉ BUEN AMIGO, DANNY, Y CUIDA DE LOS BOTES MIENTRAS VOLVEMOS!

Dan habría hecho cualquier cosa con tal de no tener que nadar. Odiaba quitarse la camisa porque se sentía gordo. Pero esa vez, cuando el viento arreció, fue él quien salvó los veleros.

¿DÓNDE DIABLOS ESTÁN WARREN Y EUGENIO?

¡FUERON A NADAR, SEÑOR!

El señor Klein despidió a Eugenio y obligó a Warren a que lavara los platos en su restaurante por largo tiempo. Ambos chicos estaban enfadados con Dan por haberlos delatado.

Después del almuerzo, fuimos a visitar a Eugenio. Él y Warren tenían motivos, ¿pero tenían coartada? Le preguntamos dónde estaban cuando se habían hundido los veleros.

LO RECUERDO BIEN. ESTABA CON MARGARET Y WARREN EN LA PLAYA VIENDO LOS FUEGOS ARTIFICIALES.

Yo vi todo el espectáculo. Warren tenía que trabajar en la cocina del restaurante y tu abuelo apareció justo cuando se estaban terminando los fuegos artificiales.

EUGENIO, ERES UN TONTO. ME DIJISTE QUE IBAS A ESTAR EN TU CABAÑA.

¡NO DIGAS PATRAÑAS, DANNY! MI CABAÑA ESTÁ EN EL OTRO EXTREMO DEL LAGO Y DESDE ALLÍ NO SE PUEDEN VER LOS FUEGOS ARTIFICIALES.

Contar la historia agotó a Eugenio y después de unas pocas preguntas empezó a roncar como si no estuviéramos allí. Un buen detective nunca desaprovecha la oportunidad de fisgonear, entonces decidimos entrar en la cabaña de Eugenio y echar un vistazo. Y fue de lo más revelador.

¡OIGAN! ¿QUÉ ESTÁN HACIENDO AQUÍ?

TU ABUELO Y EUGENIO ERAN LOS MEJORES AMIGOS, ¿NO ES CIERTO?

Se trataba de Amanda. Había venido a visitar a su abuelo, pero no le importó que estuviéramos fisgoneando. Su abuelo era un acumulador compulsivo de todo tipo de objetos, pero, de repente, el día anterior había decidido echar a la basura algunos papeles viejos.

Eugenio, no puedo ir a nadar contigo mañana. Tengo que quedarme lavando platos, gracias a esa rata despreciable de Dan Santos. Pero estoy trabajando en un plan para desquitarme. Warren

ENCONTRÉ ESTO EN LA PILA DE PAPELES, ¿SERÁ DE UTILIDAD PARA EL CASO? LE CONTÉ A MI ABUELO TODO SOBRE SU INVESTIGACIÓN.

CARAMBA, WARREN ESTABA EN REALIDAD MUY ENFADADO CON MI ABUELO.

Nuestra siguiente parada fue la escena del crimen: el atracadero. A pesar de que era un sospechoso, Warren pareció contento de vernos, aunque no pudimos decir lo mismo de Cory.

ATRACADERO KLEIN
ALMACENAMIENTO Y ALQUILER DE BOTES
TARIFAS = = =

¡CUIDADO! ¡AQUÍ VIENE LA SIGUIENTE GENERACIÓN DE HUNDIDORES DE VELEROS!

CIERRA EL PICO, CORY.

Enredo de postales

Cory está pasando el verano en el lago Trout y le ha estado enviando postales a su amigo Jeff Bean para contarle lo bien que lo está pasando. **¿Puedes poner las postales en el orden correcto?**

a

Hola, Jeff,
Hacer esquí acuático es lo máximo, y tengo talento para este deporte. Amanda me mostró la "gran piedra" al otro lado del lago y me dijo que podemos saltar desde su punto más alto, que es terroríficamente alto. Deséame suerte.
Tu amigo,
Cory

Beautiful
Trout Lake
Catch the 'big one'

Jeff Bean
311 Tu
Arden,
ROJ OB

b

Hola, Jeff,
Acabo de llegar el lago Trout parece genial. Lo primero que quiero hacer es tablaestela, una modalidad de esquí acuático con un solo esquí ancho. Se supone que la pesca es buena también. Tengo todo el verano para probar mi suerte.
Tu am
Cory

Beautiful
Trout Lake
Catch the 'big one'

51

Jeff Bean
311 Turner Cres.,
Arden, Manitoba
ROJ OBO

c

Hola, Jeff,
Anoche hicimos una gran fogata en la playa. Fue genial pasar tiempo junto al fuego, especialmente porque había murciélagos que parecían chocar con la cabeza de la gente. No puedo creer que ya casi se acaba el verano.
Tu amigo,
Cory

Beautiful
Trout Lake
Catch the 'big one'

Jeff Bean
311 Turner
Arden, M
ROJ O

d

Hola, Jeff.
Finalmente hoy saltamos desde la "gran piedra". Fue de lo más aterrador, pero también sensacional. Y después encontré mis gafas. ¿Puedes creerlo? Las olas las arrastraron a la playa. ¡Ha sido el mejor día!
Tu amigo,
Cory

Beautiful
Trout Lake
Catch the 'big one'

Jeff Bean
311 Turner Cres.,
A
nitoba

e

Hola, Jeff.
Hoy fui a pescar. Me pareció muy aburrido después de la tablaestela. No pesqué nada. Y, para completar, se me cayeron las gafas oscuras al agua y las perdí. Creo que no las volveré a ver nunca.
Tu amigo,
Cory

B
Tr
Cat

Je
311
Arde
ROJ C

f

Hola, Jeff.
Decidí darle otra oportunidad a la pesca. Esta vez dejé mis gafas en la cabaña, ¡por si las moscas! Pero todavía nada de trucha ni de nada. Mañana vamos a hacer una fogata en la playa. ¡Ojalá estuvieras aquí!
Tu amigo,
Cory

Beautiful
Trout Lake
Catch the 'big one'

51

Jeff Bean
311 Turner Cres.,
Arden, Manitoba
ROJ OBO

RESPUESTA EN LA PÁGINA 83.

¿Quién?

¿QUÉ?

¿Cuándo?

¿Dónde?

¿Cómo?

¿POR QUÉ?

Soluciones de los casos

El caso de la trampa en el bosque
(página 11)

¿Quién puso la trampa para hacer caer a Andrea?
- **Ethan Webster.** Ethan temía perder su título de corredor estrella del colegio, entonces cortó palitos con la navaja suiza de Bronco y armó una trampa en el sendero, para que Andrea se torciera el tobillo y no pudiera participar en la carrera.

¿Cómo resolvió Max el caso?
- Ethan era la única persona en el colegio que sabía que Shawna había llamado traidora a Andrea.
- Max y Alison vieron cuando Ethan le devolvió la navaja a Bronco.
- Ethan dijo que había estado demasiado enfermo como para ir a correr con Andrea la mañana en que ella encontró la trampa, pero Bronco dijo que había jugado básquetbol con Ethan esa misma mañana.
- Bronco también les dijo a los detectives que Ethan se había quejado de Andrea.
- Un examen más detallado del molde de Zoe demostró que correspondía a las botas de montar de Jessica. Ella le había hecho un rodeo a la trampa, porque su poni había sentido que algo andaba mal y no había querido avanzar en dirección recta. El poni sabía instintivamente que había una trampa en el camino, aunque Jessica no.

Conclusión
- Cuando lo confrontaron con la evidencia, Ethan no tuvo más remedio que confesar que había sido él quien había puesto la trampa. Como castigo, no lo dejaron participar en la carrera. Andrea ganó la carrera y superó el tiempo récord de Ethan.

El caso del aeromodelo estrellado
(página 17)

¿Quién saboteó el avión de Alex?
- **Katlyn Rodríguez.** La chica no quería pasar la tarde del sábado haciendo volar aeromodelos, entonces tomó los chicles de mora de Alex del bolsillo de su chaqueta, los masticó y los pegó en las alas del avión de su hermano. Katlyn no sabía nada de aviones, pero tenía la esperanza de que eso fuera suficiente para mantener a su hermano en tierra y que la llevara al cine.

¿Cómo resolvió Alison el caso?
- A pesar de que Katlyn negó haber masticado chicle de mora, tenía la lengua azul (la sacó cuando iban todos caminando a casa).
- Crystal y Katlyn le habían ayudado a Alex a preparar el avión para volar, pero Crystal todavía estaba masticando chicle después de que este se estrelló. Hizo una bomba cuando Stuart estaba examinando el ala afectada.
- Nicolás comió chicle, pero no le había hablado a Alex durante un mes, entonces no había tenido la oportunidad de estar lo

Soluciones de los casos

suficientemente cerca del avión como para sabotearlo.

- Stuart no se había comido su chicle todavía cuando Alison y Max hablaron con él.
- Alison vio a Katlyn y a Alex en el teatro, lo que le recordó que Katlyn no quería ir a volar aviones desde un principio, sino que quería ir a ver una película.

Conclusión

- Max y Alison confrontaron a Katlyn justo antes de que Alex comprara las boletas para la película. La chica confesó haber saboteado el avión de su hermano y se disculpó con él. En lugar de gastar dinero en boletas de cine, Alex y Katlyn compraron los repuestos necesarios para arreglar el aeromodelo estrellado y pasaron la tarde trabajando en él, para que pudiera volar una vez más antes de que llegara el invierno.

El caso de los patines de la buena suerte

(página 23)

¿Quién robó los patines de Tony?

- **Lorrisa Swart.** La chica no quería que Tony superara el récord de anotaciones de su hermano Simón, entonces tomó los patines de la suerte de Tony, pues sabía que él no podría jugar sin ellos.

¿Dónde estaban escondidos los patines?

- Detrás de la pista, en la montaña de nieve que había dejado el carrito de limpiar el hielo.

¿Cómo resolvió Alison el caso?

- Doug Chang dijo que Lorrisa había tumbado el basurero con una maleta de hockey azul, pero Alison vio a McGintley buscando dentro de la maleta de Lorrisa, que es de color verde. La maleta azul es de Tony (Ben estaba buscando cordones para los patines).
- Lorrisa se escondió en el baño de mujeres para sacar los patines de Tony de la maleta. El protector de cuchilla del patín de Tony se cayó cuando la chica golpeó el basurero de camino al baño.
- Alison tuvo sospechas al ver la ventana del baño abierta. Cuando habló con Max por la ventana, vio que la nieve debajo de esta se veía fresca y parecía que la acababan de poner allí.
- Lorrisa tiró los patines de Tony por la ventana. Sabía que cuando llegara el carrito con la nieve, estos iban a quedar sepultados y nadie iba a notar nada raro.

Conclusión

- Tony sacó sus patines de la nieve justo a tiempo para el partido. Los Minotauros ganaron, pero Tony solo igualó el récord de Simón. Después del partido, Lorrisa confesó. Tony estaba tan contento de haber recuperado sus patines, que no le guardó ningún resentimiento. Incluso prometió pasar el disco con más frecuencia.

Soluciones de los casos

El caso del presentador energúmeno
(página 29)

¿Quién robó la peluca de Toro O'Wiley?
• **Úrsula Curtis.** La chica estaba cansada de que su padre trabajara en las noticias de la medianoche, entonces pensó que si metía en problemas a la mamá de Max, Toro la pondría a ella en las noticias de medianoche y devolvería a su papá a las noticias de las cinco de la tarde. Así podría verlo más que solo en los fines de semana.

¿Dónde estaba la peluca?
• En el basurero, enterrada debajo de la pila de servilletas de papel.

¿Cómo resolvieron el caso Alison y Max?
• Úrsula estuvo sola con Deb, Toro y la peluca. Tuvo la oportunidad de robarla.
• Fran dijo que la peluca ya no estaba cuando pasó por la sala de maquillaje. Úrsula mintió cuando dijo que al marcharse, la peluca estaba en el maniquí.
• Úrsula escondió la peluca debajo de la chaqueta de invierno, que llevaba cerrada hasta arriba.
• Úrsula se quejó de que nunca veía a su papá debido a que trabajaba en las noticias de medianoche, lo que le daba un motivo para hacer que Toro se enfadara con la mamá de Max.
• No había ni una gota de jugo regada en la mesa, pero Úrsula dijo que había hecho un

reguero. Solo estaba mintiendo para justificar haber botado tantas servilletas de papel.

Conclusión
• Úrsula admitió haber robado la peluca. Se le ocurrió la idea cuando vio a Toro enfadarse con Kyle. El presentador sacó su peluca del basurero y presentó las noticias de las cinco de la tarde. No le permitieron a Úrsula salir en televisión para presentar el cheque de la donación para la fundación y las noticias siguieron su curso normal. Excepto cuando Toro se sentó en un enorme pegote de chicle que Kyle dejó en el asiento del presentador. Más tarde se le escuchó decir al chico: "La venganza puede ser pegajosa, pero siempre es dulce".

El caso de la desaparición del cómic
(página 35)

¿Quién robó el cuaderno de dibujo de Sara?
• **Crystal Diallo.** La chica no estaba interesada en la página autografiada de Takahashi, solo quería que se usara su dibujo como carátula del cómic que había dibujado con Sara. Si el de su compañera no aparecía, tendrían que usar el suyo.

¿Cómo resolvió Max el caso?
• Crystal les dijo a Max y Alison que no había visto nada porque había estado posando con Sara y Kengo Takahashi para las fotos, pero

Soluciones de los casos

hubo un momento en que se fue a sacar una diadema de su morral, que estaba junto al de Sara. Aprovechó ese momento para sacar el cuaderno de dibujo de Jake y ponerlo en el morral de su amiga.

- Crystal mintió cuando dijo que su mamá tenía que trabajar cuando en realidad había tenido el día libre. Tenía el cuaderno de dibujo de Sara en su morral y por eso quería llegar pronto a casa, antes que alguien lo viera.

Conclusión

- Crystal admitió haber puesto el cuaderno de dibujo de Jake en el morral de Sara y haber tomado el de ella. Tenía la esperanza de que todos buscaran la página autografiada por Takahashi y que no se dieran cuenta de que el objetivo real del robo era el dibujo de la carátula del cómic. Crystal le devolvió su cuaderno a Sara justo a tiempo para que pudieran usar su carátula. Sara estuvo de acuerdo en usar la de Crystal en la segunda edición del cómic.

El caso del Elvis bromista
(página 41)

¿Quién es el Elvis bromista?

- **Chester Winfield.** Chester quería tanto que la exposición de perros fuera en el Gran Salón que se disfrazó de Elvis e hizo todo lo que se le ocurrió para hacer que echaran del hotel a los participantes de la convención de imitadores de Elvis y así los expositores de perros pudieran pasarse al gran salón.

¿Cómo resolvió Max el caso?

- Cuando Max y Eric hablaron con Chester, el hombre tenía a su perro envuelto en una capa blanca de Elvis. Esa fue la razón por la cual la capa sobre la cama de la habitación que los chicos registraron estaba llena de pelos rojizos.
- El chef del hotel dijo que quien había llamado a ordenar los sándwiches era un hombre, por lo que Max descartó a Nicole como sospechosa.
- Chester mintió con respecto a quién había llevado al salón la bandeja con los sándwiches de mantequilla de maní. La mujer de la exposición de perros dijo que Chester ni siquiera estaba allí cuando los habían entregado y la razón fue que ¡él mismo entregó los sándwiches, disfrazado de Elvis!
- Max escuchó a Nicole bañando a Tinkerbell justo antes de que el bromista se disfrazara de Elvis, por lo que, se confirmaba una vez más, ella no podía ser la culpable.
- Testigos dijeron haber visto a un Elvis de capa blanca haciendo las bromas, pero Alvin tuvo puesta todo el tiempo una chaqueta de cuero negra, por lo que tampoco podía ser el bromista.

Conclusión

- Chester admitió haber hecho las bromas. Entonces lo echaron de la exposición de perros y la convención de imitadores de Elvis siguió el programa planeado. Eric dio un espectáculo sensacional y ganó el concurso, convirtiéndose en el nuevo campeón.

Soluciones de los casos

El caso del resentimiento en el río Gander
(página 47)

¿Quién estaba haciendo enfermar a los gansos?
- **Kristen Taylor.** La jardinera quería mantener los gansos alejados de sus flores, entonces cubrió las orillas del río con semillas de soya para que estos fueran a comerlas y dejaran en paz las flores.

¿Cómo resolvió Max el caso?
- Había semillas de soya regadas en la parte de atrás del carrito de Kristen.
- Zack estaba usando químicos para tratar el césped del campo de golf, pero Becca no encontró rastros de químicos en las semillas de soya, por lo que podía deducirse que él no era el culpable.
- A pesar de que Max no pudo ver quién lo tumbó, supo que no podía ser Zack, porque lo acababa de ver al otro lado del río. Tampoco podían haber sido Bronco o su papá, porque estaban pescando debajo del puente. Así, solo quedaba Kristen.
- Max escuchó un zumbido grave después de caer por el despeñadero a la orilla del río: era el sonido de un carrito eléctrico y Max lo reconoció como el mismo que producía el de ella. Y, efectivamente, se trataba de Kristen alejándose después de haberse estrellado contra Alison y Max.

Conclusión
- Kristen confesó haber regado las semillas de soya en las orillas del río, pero lo que no sabía era que las aves se enfermarían. Lo único que había querido era mantener a los gansos lejos de sus flores y por eso había continuado alimentándolos. Accedió a recoger todas las semillas de las orillas y se comprometió a pensar en una manera más segura de mantener alejados a los gansos de sus jardines. Los gansos enfermos se recuperaron, pero Max no tuvo tanta suerte. Se partió una pierna cuando Kristen lo tumbó sin querer. Entonces tuvieron que enyesarle la pierna y estuvo incapacitado en casa durante un tiempo.

El caso del vecino fisgón
(página 53)

¿Robó Russell los computadores?
- No, pero en todo caso estaba tramando algo prohibido. Sus padres le habían dicho que no podía invitar amigos a la casa durante su ausencia, pero el chico estaba planeando hacer una fiesta de juegos de video y para eso había pedido prestados los computadores de sus amigos, y estaba conectándolos para que pudieran jugar todos juntos. Russell sabía que la señora Briggs estaba pendiente de él y por eso había llevado los computadores a su casa durante la noche.

Soluciones de los casos

¿Cómo resolvió Alison el caso?

- La camioneta que Max vio no correspondía con la descripción de la camioneta que había quedado registrada en la grabación de las cámaras de seguridad de la tienda de computadores.
- Los computadores que se habían robado eran nuevos y se los habían llevado todavía empacados en sus respectivas cajas, pero los computadores que Russell llevó a su casa eran usados y no estaban en cajas.
- La hora en el recibo del supermercado era un minuto más tarde que la hora del robo en la tienda de computadores. Russell no habría podido robar los computadores e ir al supermercado al mismo tiempo.

Conclusión

- Alison pudo tranquilizar a Russell antes de que le partiera la otra pierna a Max. Los detectives se disculparon por espiar a Russell. La señora Briggs salió a ver cuál era el alboroto y Russell se vio obligado a admitir que estaba planeando hacer una fiesta de videojuegos en su casa. Una vez se aclaró la confusión, la señora Briggs le permitió a Russell hacer su fiesta, siempre y cuando ella estuviera presente para supervisar el evento. Russell invitó a Max, Alison y Zoe a la fiesta y lo pasaron genial.

El caso del reflejo cegador
(página 59)

¿Quién estaba cegando a los jugadores de fútbol?

- **Kate Yoon.** La chica estaba enfadada debido a que se había visto obligada a abandonar el equipo de fútbol para dedicarse a mejorar sus calificaciones. Estaba tan celosa de los otros jugadores que no quería verlos ganar el campeonato.
- Se paró en su bicicleta y se montó en el techo del baño y después en el de la cafetería del complejo deportivo. Desde allí, usó un espejo para reflejar los rayos del sol hacia los jugadores en la cancha y al encandilarlos, pretendía hacer que perdieran el partido.

¿Cómo resolvió Max el caso?

- Los reflejos cegadores no podían provenir de la gradería del diamante de béisbol porque el tablero de los marcadores lo separaba de la cancha de fútbol. El único espacio despejado era desde el techo del baño.
- Kate dijo que no le gustaba el fútbol, pero cuando habló con Max y Zoe llevaba puesta la camiseta de su equipo favorito de fútbol.
- El señor Huckle dijo que había visto a alguien en pantalones cortos azules parándose en una bicicleta de montaña para subirse al techo, lo que eliminaba a Lucas de la lista de los sospechosos, pues aunque tenía pantalones cortos azules, tenía una bicicleta de bicicrós y no de montaña.

Soluciones de los casos

- En la tienda, Max no encontró a Kate, pero vio su bicicleta: estaba recostada contra la pared. Entonces supo que la chica acababa de usarla para subirse al techo y, en efecto, ella estaba escondida detrás del letrero de la tienda.

Conclusión

- Max encontró a Kate escondida en el techo de la tienda. Cuando la confrontó con la evidencia, la chica admitió haber usado un espejo para reflejar los rayos del sol sobre los jugadores y así distraerlos. Los Meteoros lograron recuperarse gracias a unos fantásticos goles que metieron Alison y Andrea, y finalmente ganaron el campeonato.

El caso del naufragio de los veleros
(página 65)

¿Quién hundió los veleros en realidad?

- **Eugenio Shaw.** El chico había perdido su trabajo en el atracadero por haber ido a nadar con Warren. Estaba tan enfadado que decidió vengarse del señor Klein, su ex jefe, hundiendo los veleros y le echó la culpa al abuelo Santos.

¿Cómo resolvió Max el caso?

- Eugenio y Dan llevaban puestas cachuchas rojas en la foto que estaba en la cabaña de Eugenio. La cachucha que se encontró en el velero debía de haber pertenecido a Eugenio, porque el abuelo Santos había perdido la suya a causa de una ventisca.
- El nombre dentro de la cachucha era "Danny Santos". El abuelo Santos odiaba que lo llamaran Danny y solo Eugenio lo llamaba así. Eugenio había escrito el nombre en la cachucha antes de ponerla en uno de los veleros que había hundido.
- Eugenio le dijo a Dan que iban a ver los fuegos artificiales en su cabaña para que Dan se perdiera la mayor parte del espectáculo y no tuviera una coartada en el momento del hundimiento de los veleros.
- Eugenio dijo que había visto todos los fuegos artificiales, pero mintió. Warren dijo que se había ido largo rato porque había dicho que se sentía mal del estómago.
- Algunos testigos aseguraron haber visto a un chico delgado de cachucha roja caminando por el muelle durante los fuegos artificiales, pero el abuelo Santos era un chico regordete.

Conclusión

- Cuando Max y Alison confrontaron a Eugenio con la evidencia, el hombre admitió haber mentido sobre su malestar estomacal durante los fuegos artificiales y que había sido él quien había quitado los tapones de drenaje de los veleros para hacerlos hundir, dejando la cachucha roja en uno de ellos. Se disculpó por haber incriminado a Dan y por nunca haber dicho la verdad. Cuando Warren vio la nota que le había escrito a Eugenio hacía tantos años, admitió que también estaba planeando desquitarse de Dan. Pero después de que había rescatado los veleros, ya no estuvo más enfadado con el abuelo Santos. Más adelante, se vio a Warren, Eugenio y Dan riéndose mientras navegaban en el lago Trout.

Búsqueda onomástica (página 16)

1. Leslie Chang. **2.** Josh Spodek. **3.** Max Finder. **4.** Nanda Kanwar.
5. Alison Santos. **6.** Ethan Webster. **7.** Zoe Palgrave. **8.** Lucas Hajduk.

Mensaje en clave morse (página 22)

Max y Alison:
Gracias por resolver el misterio de quien saboteó mi avión. Ustedes son los mejores detectives del mundo.
Su amigo,
Alex

La esquina del entrenador (página 28)

Tony DeMatteo es el mayor anotador de los Minotauros, con 34 goles.
Lorrisa ha anotado 6 goles; **Alex** 17, **Leslie** 12, **Josh** 6, y **Nicolás** 15.

Descodifícalo (página 40)

1. Viaje alrededor del mundo.
2. Por encima de todo.
3. Alerta máxima.
4. Entre ceja y ceja.
5. Soldados callados.
6. Adán.
7. Él salió de la nada.
8. Paso doble.
9. Tuvo una recaída.
10. Me siento un novato.

Juego de iguales

(página 46)

Código en yeso

(página 52)

El mensaje de Alison:
Max,
Supongo que a veces el trabajo
de detective puede ser un dolor
de pierna.
Alison

La respuesta de Max:
Alison,
Muy chistosa. ¡Esos son los
puntos de quiebre del oficio!
Max

¿Qué es?

(página 58)

1. Hidrante.

2. Basurero.

3. Línea en la calle.

4. Manguera.

5. Auto.

6. Monopatín.

7. Pelota de básquetbol.

8. Gato.

Test forense (página 64)

1. Falso. Son arco, presilla y verticilo.

2. Verdadero. Pueden usar cosas como huellas de las manos, de los pies o de mordidas.

3. Verdadero.

4. Falso. Usan una cinta adhesiva transparente.

5. Verdadero.

6. Falso. El pelo no tiene ADN. Pero si los científicos cuentan con la raíz de un pelo, sí pueden determinar si es de hombre o de mujer.

7. Verdadero. Una aspiradora forense puede succionar cosas como fibras, pintura y vidrio.

8. Verdadero.

9. Verdadero.

10. Falso. Pero hay científicos trabajando en ello.

Enredo de postales

(página 72)

b
a
e
d
f
c

Max y Alison cobran vida

Echa un vistazo al cuaderno de dibujo del ilustrador Michael Cho para que veas algunos de los primeros dibujos de Max y Alison.

Mi primer dibujo de
MAX FINDER
Cho

Mi primer dibujo de
ALISON SANTOS
Cho

MAX FINDER

ALISON SANTOS

Max & Alison
estudio de las características
y actitudes de los personajes

Cho

Max &
Alison
primer año

**NOTA DEL
EDITOR:**
FÍJATE CÓMO
HAN CAMBIADO
LOS PERSONAJES
A LO LARGO DE
LOS AÑOS.

MAX E ALISON

Cho

MAX FINDER   Tercer año
Hoja tipo

MAX FINDER   ALISON SANTOS   ETHAN   ZOE   BEN

Cho

Crear un cómic

Las historias sobre los casos de Max Finder pasan por muchas etapas antes de que se publiquen. Todo empieza cuando Liam O'Donnell, el escritor, se inventa un libreto en el que resume la trama, escribe los diálogos y la narración. También describe a los personajes y cómo es el ambiente en el que se encuentran. Después, Michael Cho, crea las ilustraciones que corresponden a los textos.

Desarrollo secuencial de las viñetas o *storyboarding*

Primero, Michael dibuja bocetos y decide cómo irán las viñetas organizadas para contar la historia.

Dibujo de bocetos

Usando sus bocetos como guía, Michael, con un lápiz azul le va dando forma a las ilustraciones de la historieta.

NOTA DEL EDITOR: MICHAEL DECIDE LA POSICIÓN DE LOS PERSONAJES Y DE LOS BOCADILLOS.

Revisar los bocetos

Algunas veces, el editor de cómics pide algún cambio en las viñetas.

NOTA DEL EDITOR: NO PENSAMOS QUE FUERA SEGURO PARA BECCA TOCAR EL GANSO ENFERMO, ENTONCES LE PEDIMOS A MICHAEL QUE MOSTRARA EL GANSO EN EL SUELO.

Pintar los dibujos

El ilustrador pinta el arte final con un plumón negro dándole forma a los dibujos en lápiz azul.

Colorear el arte

Michael le da indicaciones de color a un especialista, un artista experto en colorear cómics en computador.

Publicar los cómics

Después de que un diseñador añade los textos a las viñetas finalizadas, el cómic está listo para ser publicado.

NOTA DEL EDITOR:
¿CUÁL ES EL SIGUIENTE PASO PARA EL CÓMIC? ¡HACER PARTE DE LA SERIE DE CASOS MISTERIOSOS!

MAX FINDER

Liam O'Donnell

Liam O'Donnell es el autor de muchos libros para niños y el creador de la serie de Max Finder y de las novelas gráficas *Graphic Guide Adventures*. Además de escribir para niños y niñas, Liam es profesor de primer grado, le gustan los videojuegos y le encanta acampar (no hace todo al mismo tiempo, claro). Vive en Toronto, Canadá. Su página web puede visitarse en www.liamodonnell.com.

Michael Cho

Michael Cho nació en Seúl, Corea del Sur, y se mudó a Canadá cuando tenía seis años. Se graduó del College of Art and Design de Ontario. Sus dibujos y cómics han aparecido en varias publicaciones en Norteamérica. En la actualidad dedica el tiempo a pintar carátulas de libros, a trabajar en un libro sobre paisajes urbanos y a crear más cómics. Se puede ver su trabajo más reciente en su página web, www.michaelcho.com.